...TITS LIVRES DE M. LE CURÉ,

Bibliothèque du Presbytère, de la Famille et des Écoles.

LE

VRAI TRÉSOR,

PAR

M. A. CHAILLY.

...ER, ÉDITEU...

PLACE SAINT-AND...

...entimes broché; **35** centimes cartonné.

LE
VRAI TRÉSOR.

Approbation de Mgr l'Archevêque de Paris.

DENIS-AUGUSTE AFFRE, par la miséricorde divine et la grâce du Saint-Siége Apostolique, Archevêque de Paris.

MM. Plon et Paul Mellier, éditeurs, ayant soumis à notre approbation les ouvrages ci dessous indiqués, faisant partie d'une collection ayant pour titre : LES PETITS LIVRES DE M. LE CURÉ, BIBLIOTHÈQUE DU PRESBYTÈRE, DE LA FAMILLE ET DES ÉCOLES, savoir : *Petite Histoire de Belgique*, tomes 3 et 4 ; *Vie de saint François de Sales*, 1 vol.; *l'Espiègle d'Anvers*, 1 vol.; *la Famille du Pêcheur*, 1 vol ; *Une jeune Fille du Peuple*, 1 vol.; *le Bon Curé Bénédict*, 1 vol ; *les Histoires de mon oncle Samuel*, 1 vol.; *le Marchand de Statuettes*, 1 vol.; *les Papillons et les Enfants*, 1 vol.; *le Bon Génie*, 1 vol.; *Annette et Joseph*, 1 vol.; *Marco Visconti*, 1 vol.; *l'Orphelin*, 1 vol.; *le Vrai Trésor*, 1 vol.; *Histoire des principales Églises de Paris*, 1 vol.,

Nous les avons fait examiner, et, sur e rapport qui nous en a été fait, nous avons cru qu'ils pouvaient offrir aux personnes auxquelles ils sont destinés une lecture intéressante et sans danger.

Donné à Paris, sous le seing de notre Vicaire-Général, le sceau de nos armes et le contre-seing de notre Secrétaire, le vingt-deux janvier mil huit cent quarante-cinq.

F. DUPANLOUP, *Vicaire-Général.*

Par Mandement de Monseigneur
l'Archevêque de Paris :

E. HIRON, *Chanoine honoraire, pro-secrétaire.*

IMPRIMÉ PAR PLON FRÈRES, A PARIS.

LES
PETITS LIVRES DE M. LE CURÉ,
BIBLIOTHÈQUE

du Presbytère, de la Famille et des Écoles.

—◦—

LE

VRAI TRÉSOR,

PAR

M. ANATOLE CHAILLY.

—◦—

PARIS,

PAUL MELLIER, LIBRAIRE-ÉDITEUR,

PLACE SAINT-ANDRÉ-DES-ARTS, 11.

LE
VRAI TRÉSOR.

Il y avait dans un petit hameau de la Basse-
Normandie trois maisons à peu près de la même
apparence, et qui semblaient trois modestes
fermes. Elles étaient toutes trois voisines l'une
de l'autre dans le fond d'une étroite et ver-
doyante vallée, d'où on voyait, dans l'éloigne-
ment, le vieux clocher de la paroisse et les
quelques habitations agglomérées qui faisaient le
centre du hameau. Dans ce pays, les villages
éloignés des routes s'éparpillent volontiers dans
la campagne; les chaumières sont assises à l'é-
cart à l'ombre de touffes épaisses de grands
arbres, au pied desquels s'ébattent les petits
enfants, et les demeures rassemblées autour de
l'église sont peu nombreuses et ne permettent
pas de juger de l'importance de la paroisse.

Les trois maisons dont nous avons parlé
étaient situées chacune au milieu d'un gras
pâturage où quelques bœufs nonchalants trouvaient une nourriture abondante. Ces champs
n'étaient pas grands, mais ils suffisaient cependant au travail d'un maître et à sa nourri-

ture; et la petite vallée, animée par ces trois fermes, respirait un air d'aisance et de bonheur, de calme et d'innocence qui ravissait l'âme des rares promeneurs égarés dans ces contrées.

Ces trois maisons, ces trois fermes et ces trois herbages avaient trois maîtres, Simon, Baptiste et Nicolas, dont les fortunes, comme nous l'avons vu, étaient à peu près égales, mais qui pourtant n'étaient pas également heureux et ne jouissaient pas avec une sérénité d'âme aussi complète du paisible bonheur et de

la douce médiocrité que la bienfaisance de
Dieu leur avait envoyés.

Simon, le plus jeune d'entre eux, avait en-
viron trente ans. Il vivait dans sa chaumière
avec sa vieille mère, pour laquelle il avait le
plus doux et le plus tendre respect. Elevé dans
le sentiment d'une piété solide, laborieux, éco-
nome, et habitué à se contenter de peu, il re-
merciait tous les jours la Providence qui lui
avait donné assez de bien pour que sa mère
ne fût privée d'aucune des douceurs que récla-
maient son âge et sa faiblesse. Chaque matin il
allait entendre dévotement la messe à l'église
du hameau, qui était à une demi-lieue envi-
ron; toute la journée était employée aux travaux de la campagne, au soin des bestiaux, à
l'entretien de sa petite propriété et de l'humble
maisonnette qu'il avait rebâtie lui-même parce
qu'elle menaçait ruine; le soir il se reposait
au coin d'un grand feu pendant l'hiver, et pendant l'été sous de beaux pommiers qui ombrageaient la porte de sa demeure; et là, à côté
de sa mère, il prenait un livre de piété, il faisait une lecture lente et attentive; et quand le
besoin du repos obligeait ces braves gens à se
retirer chacun dans sa chambrette, ils faisaient
en commun la prière du soir, se donnaient un

tendre baiser d'adieu et allaient goûter le sommeil paisible qui attend les hommes vertueux. Tous les jours se ressemblaient pour Simon : rien n'est simple et monotone comme le bonheur. Les grands événements pour cet honnête jeune homme c'était la visite de quelque chasseur égaré ou épuisé de fatigue qui entrait dans sa chaumière pour se reposer un instant et pour prendre un verre de cidre. La mère de Simon, joyeuse de pouvoir exercer l'hospitalité, allait toujours, dans cette occasion, chercher le cidre le plus doux et le plus agréable, celui, comme elle disait en riant, qu'on trouvait derrière les fagots; elle apportait de la bonne crème et un morceau d'excellent pain de ménage sur une table sans luxe, bien entendu, mais proprement servie, et ses hôtes avouaient toujours qu'ils n'avaient jamais fait de repas plus délicieux et plus obligeamment servi.

Baptiste et Nicolas étaient bien différents. Ils étaient tous deux tiraillés par deux défauts qui sembleraient devoir s'exclure et qui se rencontrent trop souvent ensemble, l'ambition et la paresse. Ils voulaient devenir riches; mais non pas peu à peu par un travail assidu et durable, mais par quelque grande invention habilement exploitée, par quelque coup de hasard qui les portât tout de suite au sommet de l'opulence. Le travail des champs, celui qui rend les hommes à la fois bons et heureux, les ennuyait, les fatiguait; il fallait attendre trop long - temps à leur gré pour augmenter par ce moyen leur fortune; le travail de chaque jour ne suffisait guère qu'à la vie de chaque jour, ils avaient en perspective un travail aussi long que leur vie elle-même, et cet avenir ne pouvait plaire à leur paresse. Et cependant ces malheureux, agités par un esprit funeste, se donnaient plus de mal, dépensaient plus d'activité à la recherche de leurs chimères et pour essayer de réaliser leurs vains projets, qu'il n'en aurait fallu pour faire prospérer leur petit bien, qui dépérissait entre leurs mains, parce qu'au lieu de l'entretenir comme il convenait, ils passaient le temps en méditations saugrenues, en poursuites inutiles, et se chagrinaient, se tourmentaient comme à plaisir de ne pouvoir atteindre le but ridicule qu'ils se proposaient.

On peut croire que Baptiste et Nicolas n'avaient pas grande estime pour Simon, qui leur paraissait un petit esprit et un homme qui n'arriverait jamais à une position brillante. Ce

n'était, pensaient-ils, qu'un pauvre et stupide
paysan qui resterait paysan toute sa vie, et qui
n'était pas capable de devenir autre chose.
Pour eux, ils se prenaient pour des hommes
miraculeusement éclairés par des lumières sur-
naturelles, et chez lesquels la grandeur de
l'ambition annonçait assez la grandeur du génie. Ce n'est pas qu'à leur mépris pour Simon il ne se mêlât un peu d'envie. Ses biens
étaient modestes, mais au moins il s'en con-
tentait et les faisait prospérer ; ses bœufs étaient
les plus beaux du village, son cidre était le
meilleur, tout semblait réussir au gré de ses
souhaits, et les deux voisins ne réfléchissaient
pas que tout réussissait parce que l'intelligence
de Simon préparait les meilleurs moyens pour
arriver au succès. Aussi ce mépris, joint à cette
envie, avait fait naître de la part de Baptiste
et de Nicolas une froideur et une hostilité se-
crète contre Simon, qui cherchait tous les
moyens de plaire à ses voisins et de les ramener
à des projets plus raisonnables, mais qui ne
parvenait qu'à les irriter davantage par l'in-
altérable bonté de son caractère, par l'égalité
de son humeur, et surtout par la supériorité
de son esprit que les deux autres sentaient
confusément, sans vouloir se l'avouer bien en-

tendu, et en s'efforçant au contraire, par leurs raisonnements orgueilleux, de se persuader que cette sûreté de coup d'œil, cette sagesse d'administration étaient chez Simon petitesse d'esprit, et que c'était de leur côté qu'était tout l'avantage.

Baptiste et Nicolas au reste étaient fort amis, et passaient presque tout le temps ensemble. La communauté de leurs défauts les avait réunis, car les vices rassemblent les hommes comme les vertus ; seulement l'amitié fondée sur la vertu est durable et solide, celle qui a le vice pour origine s'altère bien vite et se change en haine.

Un jour, Baptiste et Nicolas se promenaient ensemble dans la campagne, devisant de leurs projets, se plaignant de la Providence qui en retardait toujours le succès et qui avait placé dans un misérable village des hommes comme eux faits pour briller dans une ville opulente et pour étonner le monde par leur génie ; ils échangeaient plaisamment les éloges les plus grossiers, et Baptiste trouvait volontiers dans Nicolas un admirateur exclusif à la condition de se montrer admirateur non moins enthousiaste de Nicolas lui-même. Ainsi les cœurs faibles qui ont besoin de la vaine pâture

des éloges et qui ne savent pas les mériter, for-
ment des coteries admiratrices et se prêtent
bassement au vil métier de louer les autres
avec une exagération coupable, pour respirer
un instant la fumée affadissante de leurs vulgaires éloges. Nos deux paysans étaient donc
occupés à se louanger, quand ils passèrent devant une maisonnette de chétive et pauvre apparence, bâtie sur le bord de la route, et qu'ils
connaissaient bien. Ils s'arrêtèrent étonnés au
bruit de gémissements plaintifs qui partaient
de la chaumière et qui semblaient appeler du
secours. La nuit commençait à tomber, le soleil s'était couché dans des vapeurs enflammées
qui chargeaient le ciel. La vue du point où nos
deux paysans étaient parvenus s'étendait au
loin dans la campagne et embrassait un triste
et solennel paysage, dont ces gémissements
plaintifs complétaient l'effet saisissant et mélan-
colique. Baptiste s'arrête et regarde autour de
lui.

« Entends-tu, Nicolas, dit-il, qu'y a-t-il donc
par ici? c'est la maison de Catherine, que voilà.
Est-ce qu'elle est malade, et d'où viennent ces
plaintes?

— C'est bien de la maison de Catherine que
vient la voix, répondit Baptiste ; il n'y a qu'à

entrer, la porte est ouverte : elle a peut-être besoin de quelque chose, la pauvre femme ; allons voir. »

Les deux amis entrèrent dans la chaumière, le jour baissant ne leur permit pas d'abord d'apercevoir ceux qui étaient dans l'intérieur de la chambre ; peu à peu leur vue s'assure, et un bien triste tableau vint frapper leurs regards.

Dans un coin de la chambre, assise sur un escabeau, une petite fille gémissait et pleurait avec abondance ; elle invoquait Dieu en faveur de sa grand'mère, et suppliait sa miséricorde de la conserver encore à l'amour de ses enfants. Au fond, sur un lit pauvre, mais propre, une femme d'un grand âge semblait absorbée par la pensée de l'éternité, et attendait en paix sa dernière heure. Ses lèvres s'agitaient avec une grande rapidité : elle priait, et ses mains croisées sur sa poitrine n'avaient plus la force de s'élever vers le ciel. Quand Baptiste et Nicolas entrèrent dans la chaumière, la mourante se retourna lentement comme une personne que l'on arrache à de douces rêveries.

« Eh bien ! Catherine, qu'avez-vous donc, Baptiste, depuis quand êtes-vous malade ?

— Je ne suis pas malade, Baptiste, répondit

Catherine, je suis vieille. J'ai fait mon temps, et je m'éteins. Quand vous êtes entré, je croyais que c'était M. le curé; mon garçon est allé le chercher, et je crains bien qu'il ne vienne trop tard.

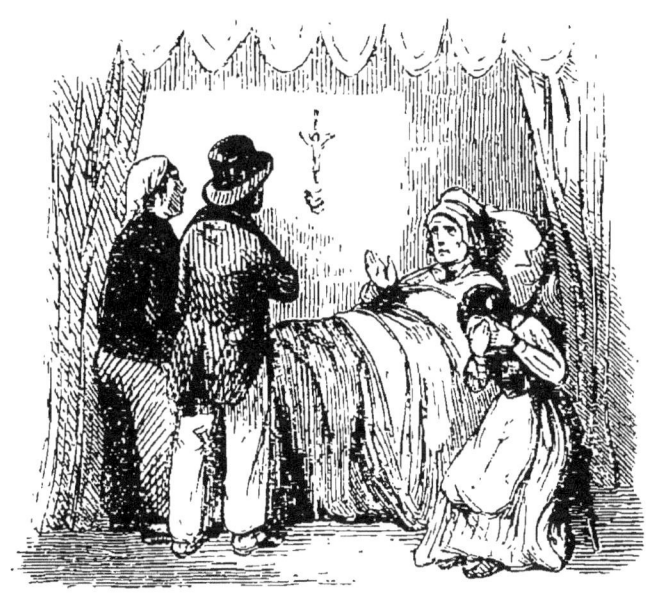

— Bah! mère Catherine, reprit à son tour Nicolas, il ne faut pas avoir de ces idées-là, il y en a eu de plus malades que vous et qui en sont revenues. »

Catherine sourit tristement. N'était mon fils et la pauvre Marie, qui sont si jeunes, je ne désirerais pas d'en revenir. J'ai long-temps vécu, et j'ai besoin de me reposer dans les bras de Dieu. Ce pauvre Christophe, il va être bien dans l'embarras; Marie est trop jeune pour soigner le ménage : Dieu aura pitié d'eux : la Providence n'abandonne pas les honnêtes gens.

Puis, après un moment de silence, car cette conversation la fatiguait visiblement : « Nicolas, ajouta-t-elle, et vous, Baptiste, je suis bien aise de vous voir. Peut-être M. le curé n'arrivera-t-il pas à temps, et je ne veux pas emporter dans la tombe un secret qui peut être utile à ceux qui restent. Vous vous rappelez que j'ai été autrefois, il y a bien long-temps, au service de M. de La Renaudière, brave homme dont je ne me souviens jamais sans prier pour lui! Et sa femme, vous n'avez pas pu connaître madame de La Renaudière, l'abrégé de toutes les vertus, hélas! Mais ce n'est pas de cela qu'il s'agit. En l'année 1792, quand tous les nobles étaient menacés, ils furent obligés de fuir et de chercher un asile dans les pays étrangers, et alors.... ils voulurent mettre en sûreté une partie de leur fortune, dans l'espérance de venir la chercher bientôt... attendez que je me rappelle bien l'endroit... ah! oui, je vois cela comme si j'y étais encore; vous savez, M. de La Renaudière possédait toute la vallée où sont aujourd'hui vos fermes et celle de Simon. C'est dans cette dernière. Au pied du coteau il y a un groupe de cinq beaux arbres, des ormes aussi vieux que moi; à gauche, à l'extrémité du champ, c'est là, dites-le à Simon; il est juste qu'il en profite, puisque c'est sur son terrain. D'ailleurs il vous en donnera votre part, il est honnête et reconnaissant. Dites-lui qu'il peut en profiter sans crainte et sans scrupule. Madame de La Renaudière, qui avait survécu à son mari, et qui avait été retenue à l'étranger par de longs malheurs..... pauvre femme, elle m'attend au ciel aujourd'hui; je l'ai appris il y a quelques jours, et cela me console de mourir. D'ailleurs elle n'a pas laissé d'héritiers. Vous m'entendez? Avertissez Simon. »

Ici Catherine s'arrêta: ces paroles sans suite et prononcées d'une voix éteinte et entrecoupée avaient épuisé ce qu'il lui restait de force, elle retomba abattue et comme anéantie sur sa couche, murmurant encore quelque humble prière et regardant un crucifix suspendu à son lit. Cette agonie ne fut pas longue, et bientôt la pauvre vieille, succombant à un effort suprême qu'elle avait tenté pour faire aux deux paysans la confidence que nous avons racontée, mourut dans les bras de sa petite fille éplorée, qui s'était rapprochée du lit.

Nicolas et Baptiste sortirent de la chaumière. Ils regagnèrent leur demeure lentement et d'abord en silence. Chacun roulait dans son cœur une pensée qu'il n'osait communiquer le premier à son compagnon. Il aurait voulu la lui inspirer sans avoir l'air de l'avoir conçue lui-même. Cependant chacun des deux était impatient de rompre le silence et de sonder les intentions de son ami Enfin Baptiste s'y décida le premier.

« Comme nous avons du malheur, s'écria-t-il, et comme le destin est injuste envers nous! M. de La Renaudière possédait tout le terrain de nos trois fermes, et il faut justement qu'il ait été enfouir son trésor dans le champ de Simon, toujours Simon, que le sort favorise, sans qu'il se donne aucune peine pour provoquer les faveurs de la fortune! Mon père pouvait aussi bien acheter la ferme de Simon que la mienne, car alors l'une et l'autre étaient à vendre. Eh bien! celle qui renferme un trésor, c'est à Simon qu'elle échoit!

— Vous avez bien raison, reprit Nicolas, et rien ne nous réussit. Nous aurions partagé ce trésor, et Dieu sait ce qu'il aurait pu rapporter

entre nos mains ; car il ne nous faut que des
capitaux pour mettre à exécution tant de belles
entreprises qui nous assureraient une brillante
fortune. Tandis que Simon, que fera-t-il de
cet argent? c'est un imbécile qui ne connaît
rien autre chose que sa ferme et qui est incapable de concevoir de vastes projets.

— Et puis c'est un avare, reprit Baptiste,
qui laissera peut-être le trésor enfoui. Je
doute même qu'il veuille le partager avec nous,
tant il est avide d'argent, et tant il est d'ailleurs envieux de la supériorité que nous avons
sur lui, et qui rendrait cet argent si productif
entre nos mains.

— Il faudra bien pourtant qu'il le partage,
dit Nicolas. A qui le devra-t-il, en définitive?
à nous. A qui appartient un trésor? c'est à celui qui l'a trouvé. N'est-ce pas nous qui l'avons
trouvé, puisque c'est à nous qu'on a confié le
secret? Nous sommes bien bons même de lui
en accorder le partage. C'est la Providence qui
nous l'envoie, ajouta-t-il en blasphémant impudemment la justice divine, et qui nous l'envoie pour favoriser nos vastes desseins. Avec ce
commencement la fortune la plus considérable
ne peut plus nous échapper. Pourquoi ne prendrions-nous pas, provisoirement au moins,

tout le trésor, et quand nous serons riches,
èh bien, nous serons toujours à temps de res-
tituer à Simon sa part; s'il nous convient,
nous pourrons même lui donner davantage.
Tant que le trésor est en terre, il ne produit
rien naturellement. Il aurait pu rester enfoui
encore quelques années, toujours peut-être si
nous ne nous étions pas trouvés là pour voir
mourir la vieille Catherine. Nous n'aurons
donc fait tort à Simon que du produit de sa
part pendant quelque temps, ce qui ne serait
pas considérable avec son incapacité.

— Vous avez raison, voisin, répliqua Baptiste, et je pense comme vous. Nous pou-
vons même être utiles à Simon au lieu de
lui nuire, en lui donnant comme indemnité
une petite part dans nos énormes bénéfices.
Quant à présent, il faut garder le silence
et tirer parti du trésor que le hasard nous envoie. Mais croyez-vous que la petite Marie
n'ait rien entendu? elle n'était pas loin du lit
de sa mère.

— Eh! non, répondit Nicolas, je suis sûr
qu'elle n'a rien entendu; car elle pleurait en
gémissant, et le bruit de ses sanglots couvrait
certainement la voix de la vieille, si affaiblie

que nous l'entendions à peine, nous qui prê-
tions si attentivement l'oreille. »

Il ne faut pas croire que Baptiste et Nicolas
fussent de bonne foi dans les raisons qu'ils se
donnaient mutuellement pour excuser l'action
coupable qu'ils voulaient commettre. Ils sa-
vaient fort bien distinguer, malgré la cupidité
et l'ambition qui les égaraient, l'indélicatesse de
leur procédé. Ils ne pouvaient pas se dissimuler
qu'un trésor dans le champ de Simon appartenait
bien plus à Simon qu'à eux, et qu'ils n'avaient
pas le droit d'en disposer, outre qu'ils abusaient
de la confiance de Catherine, ce qui était un
des plus grands péchés que l'on pût commettre.
Mais ils cherchaient quelque prétexte à leur
mauvaise action : c'est que la conscience la
plus coupable a besoin de faire des efforts pour
se prouver à elle-même qu'elle n'est pas indigne de pardon, et que deux complices même
éprouvent quelque honte à montrer dans
toute sa hideuse nudité leur âme souillée par
des pensées coupables.

Quand ils furent tombés d'accord sur le
projet de dérober le trésor que recélait le
champ de leur honnête voisin, Baptiste et Nicolas n'eurent plus qu'à s'entendre sur le jour
qu'ils choisiraient pour accomplir ce vol. Le

premier était d'avis de se hâter ; la nuit était
déjà tombée, le moment lui paraissait favorable, et il voulait s'emparer du trésor le soir
même. Nicolas, au contraire, conseillait de
différer d'un jour. Simon devait aller le lende-
main à la ville voisine, où c'était jour de marché ; il avait coutume d'y coucher presque
toutes les fois qu'il s'y rendait, et alors ils ne
couraient aucun danger d'être découverts.
Cette proposition parut plus sage et ils s'y
arrêtèrent.

Il n'est pas besoin de dire avec quelle impa-
tience les deux coupables attendirent le moment convenu. Le désir d'être enfin en posses-
sion de cet or qu'ils convoitaient, la crainte
de quelque contre-temps, qui ferait manquer
leur projet, et aussi les remords, les hésita-
tions, les angoisses d'une conscience bourrelée
et qui commet un premier forfait, agitaient
étrangement les deux coupables. Ils ne purent
pas travailler de la journée. Ils se promenaient
d'un pas rapide dans la campagne comme s'ils
étaient poursuivis par une vive douleur, et ils
évitaient surtout de se rencontrer ; car chacun
d'eux craignait que le remords ne se fût em-
paré du cœur de l'autre et qu'il ne profitât
d'une rencontre pour se dédire. Les journées

des méchants sont bien longues et bien cruelles.

Enfin le soir arriva. Quand la nuit fut tout à fait tombée, ils se réunirent derrière un massif d'arbres qui s'épanouissait au pied de la colline et derrière la propriété de Simon. Ils étaient armés de tous les instruments nécessaires, et Baptiste portait une lanterne sourde pour éclairer les travaux. Ils marchèrent en silence et avec précaution vers la haie qui bordait le champ de Simon, ils regardèrent attentivement si personne ne pouvait les découvrir, puis ils se décidèrent à franchir le passage. Il faut l'avouer, leurs cœurs battaient bien fort. Baptiste et Nicolas, que leurs défauts conduisaient au crime par une pente rapide, n'étaient pas cependant endurcis, et l'action qu'ils allaient commettre était la première de leur vie qui fût formellement contraire à l'honnêteté. Au moment de sauter par-dessus la haie, Nicolas fut sur le point d'arrêter Baptiste et de lui proposer de renoncer à leur projet; mais la honte arrêta ce bon mouvement, et ils pénétrèrent dans le champ du voisin. Ils n'eurent pas de peine à trouver les arbres mystérieux qui ombrageaient le mystérieux trésor; ils marquèrent l'endroit, firent encore une visite pour

s'assurer qu'on ne pouvait pas les **surprendre**
et se mirent enfin à l'ouvrage.

Ils creusaient la terre avec ardeur, et déjà
ils avaient pratiqué un trou assez profond sans
avoir trouvé encore le trésor promis, lorsque
Baptiste, s'arrêtant tout à coup et prêtant l'o-
reille, dit à son compagnon d'une voix assour-
die par la crainte :

« Ecoute, Nicolas, n'entends-tu rien ?

— Bah ! c'est le vent dans les feuilles, répondit Nicolas.

— Ce n'est pas le vent, et j'ai entendu comme le bruit de quelqu'un qui nous guette.

— Qui veux-tu qui vienne par ici à cette heure? Simon est au marché, sa mère dort profondément, et nous n'avons rien à craindre. »

Il avait à peine achevé qu'un bruit nouveau, mais faible, se fit entendre. Ils prêtèrent l'oreille avec anxiété, le col tendu, agenouillés sur les mottes de terre qu'ils venaient de bouleverser; ils s'apprêtaient déjà à fuir en pensant avec amertume qu'ils n'avaient produit d'autre résultat que d'indiquer à Simon la place du trésor qu'ils voulaient lui ravir. Ils entendirent enfin très-distinctement une voix qui s'écriait :

« Est-ce toi, Simon? »

On pense qu'ils se gardèrent bien de répondre. La voix reprit :

« Est-ce qu'il y a quelqu'un dans le champ? »

Même silence des deux complices. On a deviné que la femme qui parlait ainsi dans les ténèbres, car c'était une voix de femme, était la mère de Simon réveillée par le bruit qu'avaient fait les deux coupables, trop impatients, qui fouillaient la terre; elle avait ouvert la fenêtre de sa chaumière, et c'est ce

bruit qui avait d'abord épouvanté Baptiste;
puis, pensant que peut-être son fils, qui,
comme nous l'avons dit, devait coucher à la
ville, était revenu dans la nuit, elle avait fait
pour s'en assurer la question que nous avons
rapportée. Personne ne lui répondant, la mère
de Simon pensa qu'elle s'était trompée; elle
ferma la fenêtre et retourna tranquillement à
son lit.

Baptiste et Nicolas reprirent leur coupable
travail, rassurés désormais. Dieu ne voulait pas
leur faire la grâce de les arrêter si vite et de
mettre obstacle à leur mauvaise action. Ils ne
tardèrent pas à éprouver une résistance qui
leur annonça le succès de leur entreprise. Les
richesses qu'ils cherchaient étaient renfermées
dans un humble vase en terre qu'ils soulevèrent
avec peine. Ils bouchèrent leur trou, tâchant
autant qu'il leur était possible de réparer le
dégât qu'ils avaient fait, et d'effacer toute trace
de leur passage, et ils s'enfuirent aussi vite que
le permettait le fardeau précieux dont ils étaient
chargés.

Les deux paysans furent éblouis quand ils
virent la fortune qui était tombée entre leurs
mains. Ils n'avaient pas osé la rêver aussi complète. Le vase qu'ils avaient sous les yeux était

rempli de pièces d'or. Il y en avait pour plus
de cent mille francs qu'ils se partagèrent également. On pense bien que le village était devenu
une demeure trop simple pour des gens aussi
riches et aussi ambitieux d'augmenter leur fortune. D'ailleurs, comment auraient-ils pu uti-
liser ou dépenser tant d'or dans un pays où
tout le monde les connaissait, et n'eût attri-
bué qu'à une mauvaise action, comme il était
vrai, une prospérité aussi extraordinaire. Nicolas et Baptiste voulurent donc d'un commun
accord venir à Paris. Ils vendirent leurs champs
malgré les conseils de Simon, qui ne savait pas,
bien entendu, les raisons qu'ils avaient pour
s'éloigner, et qui ne cessait de leur représenter
tous le danger qu'ils courraient à Paris de perdre
le peu qu'ils obtiendraient de la vente de leurs
fermes, car il croyait que c'était là tout leur
bien. Les autres souriaient en l'entendant parler ainsi, se regardaient d'un air mystérieux et
persistaient dans leur projet.

Ils quittèrent enfin le village ; ils arrivèrent
à Paris. Ils n'y reçurent pas d'abord cet accueil
auquel ils s'étaient attendus. On n'avait pas pour
eux, à ce qu'il leur semblait, les égards et le
respect que méritaient des gens d'un aussi grand
esprit et d'une aussi grande fortune, et l'on ne

semblait pas s'apercevoir de leur présence. En effet, ces paysans grossiers, qui auraient été les plus riches de leur endroit, n'étaient plus devenus que de pauvres diables dans cette ville où tant de richesses abondent ; et avec tout leur or ils avaient à peine de quoi vivre modestement et en se privant beaucoup. Cependant comme ils avaient quelques écus, il y eut de bonnes gens qui les devinèrent et qui formèrent le projet de les dépouiller. Ils pensaient qu'ils feraient aisément leurs dupes de ces deux paysans nouvellement arrivés, mais nos Normands n'étaient pas dépourvus d'esprit, il s'en fallait beaucoup, et ils surent déjouer les complots que l'on avait tramés contre leur bourse.

Quand ils eurent pris connaissance des usages de la capitale et de la manière dont s'y traitaient les affaires, ils résolurent de s'associer et de fonder un établissement de commerce. Ils firent bien quelques bénéfices, mais leur fortune s'accroissait trop lentement, et, comme nous l'avons dit, Baptiste et Nicolas n'étaient pas hommes à se contenter d'une industrie honnête qui soutient la vie et assure tout au plus une fortune modeste.

Ils quittèrent leur premier commerce, se lancèrent alors dans les grandes affaires, et dé-

sormais ils volèrent à tire d'aile vers le temple
de la fortune. Les richesses s'accumulaient si
nombreuses dans leurs coffres qu'ils auraient
eu peine à les compter, et l'on ne connaissait
pas à Paris d'hommes qui fussent aussi riches
qu'eux, soit dans le négoce, dans la finance,
ou dans la noblesse. Leur opulence était deve-
nue proverbiale, et leur luxe faisait envie à
toutes les personnes les plus élégantes de la
ville. Ils étaient restés réunis et vivaient ensemble dans la même maison, que dis-je? dans
le même palais; car c'est ce nom seul qui convient à l'habitation qu'ils s'étaient fait construire à grands frais au milieu de la ville.

Tout ce que les arts peuvent rassembler de
chefs-d'œuvre pour charmer les yeux avait été
réuni dans cette demeure splendide. On se
doute bien que Baptiste et Nicolas ne s'y connaissaient guère et ne prenaient pas grand plaisir
à admirer les beaux tableaux ou les riches statues qui remplissaient leurs appartements;
mais comme ils avaient une grande vanité et
une ridicule ostentation, ils avaient voulu
éblouir les yeux de leurs nombreux amis (on a
toujours des amis quand on est riche) par l'éta-
lage de ce luxe dont le soin était abandonné à
des artistes habiles et dont le contraste brillant

faisait ressortir encore plus la grossièreté qu'ils avaient apportée du village, et dont ils n'avaient pu se débarrasser, mais qu'ils s'étaient contentés de greffer sur une assurance imperturbable et à l'épreuve de tous les quolibets ; car on ne se gênait guère pour se moquer de ces parvenus si peu faits pour la fortune qu'ils avaient accumulée avec tant de bonheur.

Le marbre et les pierres précieuses brillaient de toutes parts dans leur demeure avec une profusion vraiment merveilleuse. On aurait dit un palais magique construit par des fées. On y entrait par un vaste degré de marbre qu'interrompaient d'espace en espace de somptueux péristyles chargés des plus admirables sculptures. Des valets couverts des plus riches livrées remplissaient tout le jour en grand nombre les magnifiques abords qui annonçaient les splendeurs des autres appartements. L'œil se perdait dans une enfilade de salles mille fois répétées par la surface polie des glaces, et soutenues sur de fortes colonnes de marbres de toutes les couleurs, dont les chapiteaux étaient d'or massif. Ces galeries étaient remplies des plus admirables tableaux qui représentaient des scènes de toute espèce, et qui retraçaient aux yeux éblouis des spectateurs étonnés les actions les

plus mémorables de l'histoire. D'un côté c'é-
tait Abraham, le saint patriarche élu de Dieu,
se préparant à sacrifier son fils pour obéir à un
ordre de l'Eternel. Il semblait que la figure
triste et résignée de cet homme de Dieu, qui
va immoler le seul rejeton d'une race fidèle,
répandît de véritables larmes, tant le peintre
avait exprimé avec bonheur sur ces traits vé-
nérables les transports d'une sainte douleur.
Ailleurs on admirait le valeureux Coriolan qui,
poussé par un ressentiment funeste, s'était laissé
entraîner à une alliance avec les ennemis de sa
patrie. Les magistrats de Rome, suppliants et
soumis, n'avaient pu parvenir à apaiser sa colère, et la ville éternelle allait succomber sous
ses coups, lorsqu'un regard et une prière de sa
mère Véturie ramenèrent dans la voie du devoir ce fils respectueux, mémorable héros de
l'amour filial et grand modèle d'une rare vertu.

Mais je m'arrête, car je n'en finirais pas si
je voulais décrire toutes les magnificences du
salon où nos deux paysans réunissaient la foule
empressée des gens avides qui venaient se pres-
ser à leurs fêtes. Quand on avait traversé ces
galeries éblouissantes, on pénétrait dans la salle
des festins, vaste chambre ovale construite en
marbre blanc et toute garnie d'une rangée de

portiques élégants. Là tout était réuni pour
charmer les sens et doubler les plaisirs du
repas.

Que dirais-je encore des autres appartements, si j'avais le temps de tout peindre et
de tout raconter? Il me faudrait décrire les

petits salons où se réunissaient les compa-
gnies moins nombreuses, et qui n'avaient pas
autant de grandeur, qui n'affichaient pas
un luxe aussi royal, mais qui ne brillaient pas
moins par la délicatesse des ornements et
par la recherche des détails; je serais obligé
d'introduire le lecteur dans ces chambres

à coucher, où se drapaient en rideau, où flot-
taient en portières, où se déroulaient en tapis
les étoffes les plus précieuses, les tissus les plus
fins, lamés d'or et d'argent, resplendissants de
broderies, et apportés à grands frais des pays
les plus éloignés. Il me faudrait visiter avec
vous ces dais magnifiques, ces baldaquins merveilleux qui étincelaient au plafond comme les
feux du soleil, et qui certainement auraient
apporté de très-doux rêves à ceux qui dor-
maient à leur abri, si la fortune pouvait rendre
le sommeil plus paisible et plus profond.

Au milieu de toute cette opulence, Baptiste
et Nicolas n'avaient pas voulu rester tout sim-
plement Baptiste et Nicolas comme ils étaient
au village; mais ils avaient jugé indispensable
de prendre des noms nouveaux qui s'assortis-
sent mieux à leur extérieur, qui leur fissent
faire une meilleure figure parmi les gens considérables qu'ils attiraient dans leur demeure
et qu'ils invitaient à leurs fêtes. Baptiste s'était
fait appeler M. de Sottenville et Nicolas M. de
Montorgueil, et comme ils étaient restés fort
grossiers, leurs nombreux laquais ne pouvaient
jamais répéter devant eux ces noms fastueux et
ridicules sans retenir une envie de rire et sans
lever les épaules en pitié de cette vanité mi-

sérable. J'ai dit déjà que les prétendus amis de MM. de Sottenville et de Montorgueil riaient encore bien davantage, et que les deux paysans enrichis et orgueilleux étaient devenus la fable de la ville.

Non contents du palais qu'ils habitaient à la ville, ces grands seigneurs de nouvelle façon avaient fait construire exprès pour eux un château magnifique dans une belle campagne aux environs de Paris. Comme le grand roi Louis XIV, dont sans doute ils n'avaient jamais entendu parler, ils avaient choisi dans un site pittoresque et favorable un champ tout nu et marécageux, et là, sous leurs ordres, et par un miracle de l'or qu'ils répandaient à profusion, s'étaient élevés une maison élégante, vaste et somptueuse, et un parc magnifique et tout planté de vieux arbres apportés de loin par des populations de travailleurs, comme s'il leur avait été donné de vaincre la nature elle-même et de violer ses lois.

Je n'ai rien à dire de la maison : c'était le même luxe et la même richesse qu'à la ville, seulement appropriés aux habitudes plus libres et plus simples de la campagne ; car je l'ai dit, Baptiste et Nicolas, qui ignoraient complétement les arts du luxe, s'étaient fiés à des artis-

tes qu'ils payaient généreusement , et tout ce
qui les entourait était d'un goût excellent. Mais
il était impossible d'imaginer rien de plus beau
que le jardin et le parc qui environnaient leur
habitation de campagne. Les fleurs les plus rares et les plus précieuses, rassemblées de tous
les pays du monde avec un soin merveilleux ,
répandaient leurs parfums dans l'air, pendant
que les pelouses du plus beau gazon, abritées
par des tentes magnifiques, servaient d'asile
pendant les chaleurs d'un beau jour à la foule
des invités qui venaient prendre dans ces re-
traites fraîches et délicieuses les collations dé-
licates que leur servaient de nombreux do-
mestiques. Ou bien , s'ils voulaient s'égarer
dans les sentiers du bois épais qui s'étendait au loin, de nouvelles merveilles les at-
tendaient à chaque pas. Les allées du parc ,
fécondes en prestiges, se déroulaient en mille
détours, se croisaient , se rejoignaient ou se
divisaient en carrefours inextricables, si bien
que la forêt en semblait fort agrandie , et qu'il
fallait prendre les plus grandes précautions pour
ne pas se perdre dans leurs replis. Se perdre ,
d'ailleurs, eût été sans danger, car des cors et
des musiques diverses, presque toujours reten-
tissantes, signalaient par leur douce et suave

harmonie les lieux vers lesquels on voulait se
diriger, si bien que l'on marchait au hasard au
milieu des chemins fleuris sans en connaître les
secrets, mais sans craindre de manquer jamais
le but que l'on s'était proposé.

D'un côté les promeneurs étaient attirés par
le murmure d'un ruisseau dont les ondes lim-
pides et tièdes invitaient à se baigner. Son cours
profond serpentait au milieu d'un sable fin qui
semblait un tapis mollement étendu au milieu
des hautes herbes et sous de frais ombrages qui
se croisaient en voûte et se réfléchissaient dans

l'eau ; quelques nacelles attachées au rivage

se berçaient mollement au souffle d'un vent favorable et invitaient les hôtes à une promenade sur le ruisseau paisible. De beaux cygnes apprivoisés se croisaient en tout sens sur son pur cristal et venaient prendre dans la main des belles dames qui côtoyaient les rives quelques friandises qu'elles s'empressaient toujours d'apporter à ces gracieux animaux.

Plus loin, un rocher sauvage s'élevait au milieu d'un massif épais, et l'on débouchait tout à coup par un sentier sinueux en face d'une porte basse et étroite qui s'ouvrait sur ce rocher et semblait donner accès dans une caverne redoutable et habitée par des animaux malfaisants. Pour produire plus d'illusion, des vipères parfaitement imitées se roulaient au moyen d'un mécanisme ingénieux sur les pierres qui avoisinaient la grotte, et semblaient véritablement jouir de la vie et menacer la sécurité des promeneurs ; des oiseaux de proie perchés sur quelques sommets sauvages agitaient leurs vastes ailes, et remplissaient l'air de cris rauques auxquels les plus habiles se seraient mépris, et l'on voyait par instant au milieu du feuillage quelques bêtes fauves et redoutables ; un loup qui dardait sur vous ses yeux brillants comme des escarboucles, un lion

qui paraissait secouer sa souple crinière, un
tigre qu'on aurait dit s'élancer sur sa proie,
tout, enfin, dans ce lieu funeste, semblait fait
pour inspirer la terreur, et l'esprit était vivement saisi par ces prestiges. Si cependant on
osait pénétrer par la porte basse de la caverne,
on traversait un corridor à peu près obscur
qui laissait pendant quelques minutes l'esprit
dans des craintes étranges ; mais combien les
personnes courageuses qui ne s'étaient pas laissé
vaincre par ces terreurs étaient récompensées
de leur persévérance ! Au bout de ce sombre
corridor s'ouvrait une salle magnifique et pom-
peusement éclairée, un pavillon où la lumière
des lustres, réfléchie dans des millions de cris-
taux et dans des millions de pierreries, dépas-
sait en éclat la lumière même du jour. De chaque
côté de la porte étaient deux statues si bien
imitées qu'on les aurait prises pour des êtres
réels : une jeune fille, revêtue du costume
élégant et coquet de la campagne, et un
jeune homme armé de tous les instruments
du jardinage ; quand les visiteurs entraient
dans la salle ils marchaient sans s'en douter
sur un ressort habilement pratiqué qui mettait en mouvement l'une ou l'autre statue. La
jeune fille avançait gracieusement le bras et

présentait aux dames un bouquet de fleurs par-
fumées, au milieu duquel était ordinairement
caché quelque présent de prix, comme un joyau,
précieux, un diamant, une montre, ou tout
autre frivolité charmante. Le jeune garçon,
par le même mécanisme, présentait aux hommes quelque objet aussi précieux, mais qui
pût être à leur usage. Ce n'était pas que les
deux statues eussent la faculté de distinguer les
dames de leurs cavaliers, l'art ne peut pas aller
jusque-là ; mais c'est qu'on avait soin de faire
passer toujours les dames du côté de la jeune
fille, les cavaliers du côté du jardinier. Dans le
pavillon resplendissant, des tables abondamment
servies des mets les plus délicieux, des rafraî-
chissements les plus exquis offraient sans cesse
à l'appétit des promeneurs fatigués une colla-
tion du meilleur goût, et les accents d'une musique enchanteresse les invitaient au repos, que
la fraîcheur de cet asile rendait à la fois agréable et salutaire.

Partout c'étaient des surprises analogues qui
charmaient tous les cœurs et qui faisaient de
la vie, dans ce château, un véritable enchante-
ment. Tantôt on rencontrait un chalet solitaire,
près de lui murmurait une source couverte et
cachée par de verts branchages. On s'appro-

chait, et l'on trouvait dans un bassin de nacre

des flots d'un lait pur et délicieux qui jaillis-
saient en flocons neigeux et s'écoulaient ensuite
au milieu de la forêt. Dans un autre endroit
c'était une cage aux mailles presque invisibles
qui enfermait dans ses vastes contours tout un
canton du bois, et dans laquelle s'égayaient
par mille concerts et brillaient par l'éclat de
leurs mille couleurs les oiseaux les plus rares
qui semblaient des pierreries douées de la vie
au milieu des arbres particuliers à leurs cli-
mats, et rassemblés dans ce lieu par des chefs-
d'œuvre de l'art et avec de grandes dépenses.

Plus loin encore un belvéder sur lequel on montait sans rien apercevoir ouvrait tout à coup le plus vaste horizon et montrait à l'œil étonné toutes les campagnes environnantes, et des lunettes d'approche dirigées vers tous les points de la circonférence permettaient de voir aux plus grandes distances tout ce qui se passait dans les villages qui entouraient le château, comme si l'on avait été tout auprès des choses qu'on observait.

Je m'arrête à la fin, non qu'il n'y eût encore beaucoup à dire pour raconter toutes les merveilles que Baptiste et Nicolas avaient voulu réunir dans leur habitation, mais parce qu'une description complète serait trop longue et pourrait fatiguer.

Au milieu de toute cette pompe, la vie de Baptiste et de Nicolas, pour qui se bornait à considérer les apparences, semblait être un enchaînement de plaisirs sans mélange. Les festins somptueux, les bals, les fêtes de tout genre, les chasses dans le parc, où il y avait beaucoup de gibier, les promenades dans les plus brillants équipages se succédaient sans interruption. Les deux paysans enrichis se trouvaient bien un peu embarrassés au milieu du beau monde qui remplissait leurs salons ; ils s'apercevaient bien de temps en temps que l'on ne venait les voir que pour leurs richesses, et qu'ils ne devaient leurs amis qu'aux plaisirs dont ils les accablaient; mais ces réflexions n'étaient pas de longue durée, l'orgueil reprenait bien vite le dessus, et ces hommes, trop grossiers pour distinguer parfaitement les hommages que l'on rend à l'homme de bien et l'avidité qu'on met à prendre part aux jouissances du sot enrichi, s'abusaient le plus souvent sur la nature des déférences moqueuses qu'on ne manquait pas de leur montrer par forme de fine raillerie. Ce n'était donc pas là le pire de leur chagrin ; mais les satisfactions qui n'ont leur source que dans la vanité sont de bien peu de durée et bien creuses, il faut l'avouer. Baptiste et Nicolas avaient beau se dire, pour se contenter, qu'ils faisaient une grande figure dans le monde, qu'ils étaient les plus riches négociants de la capitale et qu'ils n'avaient pas le regret de former un souhait sans que ce souhait fût à l'instant exaucé, ils sentaient bien au fond du cœur que toutes ces jouissances que savouraient leurs faux amis n'étaient pas faites pour eux et qu'ils dépensaient sottement leur fortune au profit des autres. Les beaux tableaux ne les intéressaient pas, la musique la plus suave les faisait dormir, tous les mets recherchés dont leur table était couverte ne valaient pas pour eux la simple soupe aux choux qu'ils mangeaient au village, et quelquefois, sans se l'avouer à eux-mêmes, il leur arrivait de regretter la vie simple d'autrefois. Dans leurs lits tout brillants d'or et de soie ils appelaient vainement le sommeil qui venait si exactement les trouver autrefois sur leur humble couchette de bois peint ; et puis, quelques efforts qu'il fasse pour s'étourdir, l'homme n'oublie jamais une mauvaise action. Tout ce luxe, toute cette opulence, tous ces plaisirs les accusaient, et il semblait que de tous les coins de leurs vastes et brillants salons, que de toutes les bouches des personnages qui remplissaient les tableaux de leurs galeries, que de toutes leurs statues sortît ce mot redoutable qui bourdonnait sans cesse à leurs oreilles : VOLEUR. Sans doute il leur aurait été bien facile de rendre au pauvre Simon l'équivalent du trésor qu'ils lui avaient dérobé ; mais on ne sait pas combien il arrive souvent que la sordide avarice se cache sous le luxe de l'ambitieux et de l'égoïste. Cette somme, qui n'était rien quand il s'agissait pour eux de satisfaire un caprice et de briller un instant, devenait énorme s'il était question de réparer leur faute : tant il est vrai que tous les vices se tiennent et que le méchant une fois engagé dans la voie du mal a bien de la peine à se retenir. Et puis comment auraient-ils fait cette restitution? MM. de Sottenville et de Montorgueil auraient-ils eu le noble courage d'avouer au pauvre Simon qu'ils étaient des voleurs, qu'ils brillaient à ses dépens et que les beaux habits du citadin recouvraient le cœur coupable du voisin qui trahit son voisin? Et d'ailleurs leur fierté misérable de parvenus ne leur faisait-elle pas craindre par-dessus tout de se mettre en rapport avec ces simples villageois au milieu desquels ils avaient vécu et dont ils avaient honte? Ils ne pensèrent donc pas à apaiser leur conscience par une restitution, ou, s'ils y pensèrent, ce ne fut que pour repousser par mille prétextes futiles et par mille fausses hontes une inspiration si bonne de la Providence, qui peut-être voulait encore les sauver.

Jusque-là cependant associés pour le crime et associés pour les profits, Baptiste et Nicolas avaient vécu en bonne intelligence, et l'on pouvait s'étonner que l'intimité durât si long-temps quand elle avait une source si corrompue.

Ce n'est pas que le premier n'eût honte

quelquefois de son camarade et ne se trouvât
humilié de vivre en communauté avec lui. En
effet, Baptiste qui prêtait fort à rire aux gens
bien élevés par ses maladresses et ses bévues
dans les réunions auxquelles il présidait, avait
cependant modifié ses habitudes de village un
peu plus facilement que Nicolas, qui était resté
tout à fait grossier et se comportait au milieu
des femmes les plus brillantes et des hommes
les plus considérables comme il eût fait dans
les champs, au milieu de ses troupeaux ; car la
simplicité des mœurs de la campagne, exagérée
par son caractère violent et par la pauvreté de
son esprit, s'était changée en rudesse et en
brutalité. Baptiste, qui ne voyait pas ses pro-
pres défauts et ses ridicules, voyait avec trop
peu d'indulgence les ridicules et les défauts
de son ami, et quand il lui arrivait quelque méchante affaire, quand il ne pouvait se
dissimuler tout à fait les railleries auxquelles son
faste donnait lieu, il attribuait à la bêtise de
Nicolas une humiliation dont il devait certes
prendre sa bonne part. Cela mettait par instants
et surtout après quelques années beaucoup de
froid et d'aigreur entre eux. Nicolas se fâchait,
s'emportait, prononçait des injures et des blas-
phèmes, Baptiste affectait plus de gravité et

lançait quelques épigrammes qui blessaient l'autre au vif et le rendaient tout à fait furieux.

Une circonstance vint augmenter encore l'amertume qui régnait entre les deux complices, et fit éclater toute l'antipathie qu'ils avaient fini par éprouver l'un pour l'autre. Baptiste avait pensé un jour à se marier, mais avec son orgueil et son aveuglement accoutumés il avait résolument jeté les yeux sur la plus riche des jeunes personnes que ses fêtes amenaient en foule autour de lui. C'était une jeune personne parfaitement sage qui appartenait à une excellente famille, et dont le père portait un nom plus d'une fois célèbre dans notre histoire. Cette jeune fille, qui avait perdu sa mère pendant ses premières années, et qui en avait conservé une vague tristesse, où ses nobles traits et sa figure grave et chaste puisaient des grâces nouvelles, avait été confiée aux soins d'une tante vénérable qui en avait fait une jeune fille accomplie; elle peignait avec talent, elle était musicienne excellente, enfin, on pouvait dire, même quand on ne pensait pas à sa fortune, que c'était un des plus beaux partis de France. Les soins religieux et le respect touchant dont elle entourait son père avaient rendu visibles pour tous les trésors de vertus que renfermait son jeune

cœur. On voit que Baptiste ne choisissait pas
mal. Cependant ce n'étaient pas ces qualités
qui l'avaient charmé, son âme était trop vulgaire pour en sentir le prix, et son orgueil
était trop grossier pour ne pas diriger ailleurs
ses pensées. Il avait pensé avant tout que ma-
demoiselle Alice — c'est ainsi qu'on l'appelait

—était fille unique et qu'elle était noble; le beau
nom de Sottenville dont il s'était affublé ne le
satisfaisait pas entièrement, ne lui paraissait pas
assez solide, et il espérait hériter un jour comme

gendre du nom d'Alice et du titre de son père.
Poussé par ces idées de folle ambition et aveu-
glé par le spectacle de sa fortune, il ne craignit
pas de faire sa demande. On peut penser qu'elle
fut repoussée avec mépris, car Baptiste n'avait
aucune qualité qui pût séduire une jeune personne délicate et fléchir un père bien élevé,
et ceux auxquels il s'adressait n'étaient pas
gens à s'imaginer que la fortune pût tenir lieu
de tout, de talent, de naissance, d'esprit et de
vertu. Le père d'Alice avait bien pu sans bas-
sesse fréquenter les salons de M. de Sottenville où tout Paris affluait, mais il aurait rougi
de lier le sort de sa fille à celui de ce grossier
personnage. Baptiste fut mortifié au dernier
point de ce refus; il n'avait qu'à se considérer
un instant pour se convaincre qu'il ne devait
s'en plaindre qu'à lui-même. Mais quels efforts
ne tente pas la vanité pour s'abuser et faire re-
tomber sur d'autres les fautes dont elle est coupable! Croirait-on que Baptiste attribua le refus du père d'Alice à la présence de Nicolas;
il se figura que son intimité avec ce lourdaud,
c'est ainsi qu'il l'appelait, était la cause de
l'affront qu'il venait de recevoir, et il lui en
montra tout son dépit. Ses manières avec Nicolas devinrent plus hautaines et plus sèches!

il l'accabla continuellement de reproches, il lui
fit, et quelquefois en public, des leçons humi-
liantes qui faisaient monter la rougeur de la
rage sur le front du parvenu. Enfin, il l'accabla de tant de dégoûts et il lui fit tant d'avanies,
que Nicolas, un jour, transporté de fureur,
s'écria :

« Tiens, Baptiste, je vois bien où tu veux
en venir, tu as honte de moi ; tu crois que sans
moi tu ferais bien plus belle figure au milieu
de ces messieurs qui se moquent de toi sans
que tu t'en aperçoives. Eh bien ! soit, monsieur
de Sottenville, je le veux bien, séparons-nous
tandis qu'il en est encore temps, je ne demande pas mieux ; car, après tout, les plaisirs
m'ennuient à mourir, et je ne suis pas fait pour
tous ces colifichets-là : j'ai d'autres projets, il
vaut autant que je les exécute.

— Nicolas, répondit Baptiste, qui ne voulait
pas avoir l'air de renvoyer son camarade, et
qui voulait se donner les avantages d'une feinte
politesse, Nicolas, puisque c'est toi qui veux
t'en aller, je ne te retiens pas : pars donc ; je
suis fâché de te perdre malgré les torts que tu
as eus envers moi ; mais je ne t'arrêterai pas
plus long-temps.

— Oui, sans doute, reprit Nicolas, je par-

tirai ; mais tu comprends bien que je ne m'en
irai pas nu.

— J'en tombe d'accord, répliqua Baptiste
avec un air de supériorité arrogante, et je te
donnerai de quoi vivre en paix dans une petite
retraite ; il est juste que tu aies la moitié du
trésor que nous avons trouvé, et j'y ajouterai
une somme égale sur les économies que j'ai pu
amasser par mon industrie et par mes travaux.

— Ton industrie et tes travaux ! s'écria Nicolas. Et moi, je n'ai donc été pour rien dans
l'acquisition de cette fortune mal acquise, il faut
le dire, et au milieu de laquelle tu t'épanouis
avec tant d'orgueil! Que non pas, monsieur de
Sottenville, je ne souffrirai pas que vous me
fassiez ma part et que vous me donniez un
morceau de pain comme une charité. Il me
faut la moitié..... ou bien nous verrons....»

Baptiste pâlit à cette menace, il chercha à
apaiser son camarade furieux; il n'avait pas ré-
fléchi aux conséquences qu'entraînait cette séparation entre associés, et il croyait avoir bon
marché de la grossièreté de Nicolas; mais celui-ci n'était pas disposé à rien céder sur le
chapitre des intérêts. Il menaça d'un procès.

— La moitié de toute cette fortune est à

moi, dit-il avec emportement. Eh bien! si tu me la refuses, je saurai ce que j'aurai à faire. Les tribunaux sont là pour nous juger. Je prouverai que nous avons travaillé ensemble et que nous devons profiter ensemble. J'irai plus loin si tu me pousses à bout ; je dirai tout ce que je sais, et tu n'ignores pas ce que c'est ; j'apprendrai aux juges que l'argent que tu veux garder est de l'argent volé, et je publierai dans le beau monde où tu fais l'homme d'impor-tance que M. de Sottenville est un VOLEUR.

Baptiste fut épouvanté par ces menaces. Ni-colas était un homme violent et vindicatif, ca-pable de se porter aux plus redoutables extré-mités, et de se compromettre lui-même pour perdre l'homme dont il croirait avoir reçu une injustice ; son compagnon le connaissait bien, et il se radoucit. Il offrit de transiger, Nicolas fut inflexible ; il voulut la moitié ou un pro-cès. Baptiste voyait avec terreur la brèche considérable que ce partage allait faire dans sa fortune, et la peine qu'il aurait à soutenir son train de maison. Cependant il y aurait eu trop de honte à reculer à son avis. Il garda donc les maisons de ville et de campagne, les riches ameublements, les objets d'art, les magnifiques équipages, les chevaux et tout l'attirail royal

dont il s'était entouré ; et Nicolas, que ce luxe
embarrassait et qui d'ailleurs avait annoncé l'in-
tention de s'éloigner de Paris, prit la plus
grande partie de l'argent qui remplissait les
coffres des deux paysans enrichis. Après ce partage à l'amiable, Nicolas s'éloigna, et l'on n'entendit plus parler de lui.

Cette séparation devait être fatale à Baptiste,
et elle marquait le terme fixé par la Providence
aux succès des coupables associés. La prospérité des méchants brille d'abord d'un vif éclat,
elle éblouit le monde et étonne les ignorants ;
mais les sages, qui ne croient pas à sa solidité,
ne s'étonnent pas lorsque bientôt ils la voient
s'éteindre et disparaître. Baptiste, comme je
l'ai dit, ne voulait pas renoncer aux plaisirs
qui flattaient sa vanité et qui faisaient parler
de lui dans le monde ; mais la fortune qui lui
restait ne suffisait plus aux dépenses d'une aussi
grande maison. Bien qu'il eut ralenti le mouvement de ses opérations commerciales, il ne
l'avait jamais interrompu tout à fait. Il résolut
de lui donner une nouvelle impulsion. Il lui
semblait après tout facile de refaire la fortune
qu'il avait faite. Comme il croyait ne devoir
ses succès qu'à son mérite personnel et qu'il
n'avait jamais pensé à la Providence dont nous

viennent tous nos biens, pour la remercier de
ses faveurs, il ne s'imaginait pas qu'il pût tré-
bucher sur une route qu'il avait parcourue
avec tant de succès. La Providence s'était lassée.
Il entreprit quelques spéculations nouvelles;
elles échouèrent toutes et absorbèrent les capitaux qu'il ne consacrait pas à ses folles dépenses : il n'en fut pas découragé, tant l'orgueil
l'aveuglait. Il recourut à la voie des emprunts.
Il trouva facilement d'abord quelques hommes
riches qui lui prêtèrent des fonds; il les per-
dit encore. Il voulut s'adresser aux mêmes
hommes, mais cette fois ses propriétés étaient
engagées, il n'offrait plus de garanties, le
bruit s'était bien vite répandu que le malheur
frappait à sa porte et que ses opérations mal
combinées le ruinaient au lieu de l'enrichir; la
retraite de Nicolas avait affaibli son crédit.
Enfin, il y avait à peine deux ans que cette
retraite avait eu lieu que déjà Baptiste voyait
s'épuiser ses ressources qu'il croyait inépui-
sables. Il voulait cependant faire bonne conte-
nance contre l'adversité : il continuait à donner
des fêtes, à convoquer ses chers amis du beau
monde ; mais le monde l'abandonnait peu à
peu. A mesure qu'on apprenait mieux sa triste
situation, l'on se retirait prudemment, et la

solitude se faisait dans ses beaux appartements.
Il ne restait plus en effet dans Baptiste que
l'homme vulgaire sans éducation , sans esprit,
sans cœur , conduit par l'orgueil et la vanité ,
et qui , dépouillé de ses richesses , n'inspirait
plus qu'un mépris indigne de pitié. Il n'était
pas cependant au bout de ses afflictions. Les
sommes considérables qu'il avait empruntées
étaient réclamées par ceux qui les lui avaient
fournies. Il cherchait dans ses caisses , et il ne
trouvait rien. On le menaça de faire vendre ses
propriétés , et bientôt on mit la menace à exécution. Adieu palais, adieu châteaux magnifiques , statues, tableaux et colonnades ; adieu
bals , fêtes , concerts , festins , femmes nombreuses rassemblées au milieu de ce luxe et
dont les parures élégantes charmaient les yeux.
Toute cette fortune, toute cette grandeur d'un
jour s'étaient envolées, et le malheureux Baptiste restait sur le pavé dans un état pire que
celui où il était lorsqu'il arrivait à Paris : car
il n'avait plus l'espérance , et il ne connaissait
plus de trésor qu'il fût possible de dérober. Il
tenta encore de lutter contre l'orage : il voulut, avec quelques débris qu'il avait sauvés du
naufrage, tenter de refaire sa fortune petit à
petit. Vaine tentative : la Providence l'avait con-

damné, et les combinaisons les plus habiles
n'avaient pu parvenir à détourner la main qui
pesait sur lui. Il tomba plus bas, il tomba toujours, et enfin il arriva jusqu'aux profondeurs
terribles de la hideuse misère. A peine vêtu de
quelques haillons, plein de confusion et de rage,
Baptiste parcourait la tête basse ces rues qu'il
avait autrefois sillonnées par la trace de ses
brillants équipages ; il attirait la compassion de
cette foule qu'il avait autrefois éblouie, et s'il
rencontrait par aventure quelqu'un des hommes élégants dont il recevait autrefois avec
faste les hommages intéressés il détournait la
tête pour cacher sa honte, et celui qu'il appelait autrefois son ami le regardait avec inso-
lence, ou, avec un mépris plus insultant encore,
affectait de ne pas le voir.

Baptiste ne put supporter plus long-temps
une humiliation aussi profonde ; tous les jours,
d'ailleurs, la misère devenait plus poignante, et
plus il faisait d'efforts pour en sortir, et plus il
s'y enfonçait, sans espoir, comme des malheureux qui s'engloutissent dans les sables mou-
vants et qui sentent la grève monter et les
entourer peu à peu à chaque mouvement
qu'ils font pour en sortir. Pendant les derniers
jours qu'il resta à Paris, Baptiste fut vu par

quelques-uns tendant la main aux passants et mendiant le pain qui lui était nécessaire pour entretenir sa vie. On dit même qu'une voiture élégante s'arrêta à quelques pas de lui, et qu'un valet, après avoir pris les ordres de la personne qui y était renfermée, vint jeter une

pièce d'or dans la main du pauvre paysan. On ajoute que cette mystérieuse bienfaitrice n'était autre que l'excellente Alice dont Baptiste avait osé solliciter la main.

Notre ambitieux déçu, et enfin désespéré, sortit un matin de Paris pour n'y plus rentrer. Il était pâle et amaigri par les privations que lui imposait la pauvreté et qui lui étaient plus sensibles après les jouissances de son opulence passée dont le souvenir le poursuivait sans cesse. Quel était le but de son voyage ? On ne l'imaginerait jamais si l'on ne réfléchissait que les âmes vulgaires comme la sienne perdent toute dignité et toute fierté véritables quand l'orgueil ne les soutient plus et quand elles sont abattues par le vent du malheur. Baptiste regagnait son village. Il espérait se faire pardonner son ingratitude, et il avait trop vu avec quel dédain l'accueillaient ceux qui avaient partagé les plaisirs de son opulence pour n'avoir pas fait un triste retour sur la simple hospitalité des mœurs du village, qui lui promettait au moins le morceau de pain qu'on ne refuse guère aux malheureux.

Il parcourut ainsi les grandes routes en demandant l'aumône. Quelquefois des âmes charitables venaient à son secours, et alors le soir, après une marche pénible, il faisait un maigre souper dans une pauvre auberge et reposait son corps fatigué dans une grange e sur une botte de paille où il rêvait encore à

ses beaux lits aux édredons si mous, aux ri-
deaux si épais. Quand il n'avait rien obtenu
il était obligé de dormir dans un fossé sur le
bord de la route, au risque d'être arrêté par
les hommes chargés de la police des chemins.

Un jour qu'il n'était plus qu'à quelques lieues
de son pays, il s'était assis, épuisé de fatigue
et de faim, sur une pierre de la route. La tête
dans ses mains, il pleurait en pensant à son
triste sort. La main qui le frappait était cependant charitable, même dans sa juste sévérité,
et elle ouvrait ses yeux au repentir. Baptiste
commençait à comprendre ses fautes et à considérer son infortune comme une punition mé-
ritée. L'approche du lieu où il avait failli lui
rappelait peut-être plus vivement ses torts. Il
se lamentait ainsi lorsqu'il entendit des pas sur
le chemin. Il lève la tête et voit devant lui un
homme dont les vêtements n'annonçaient pas
une misère moins grande que la sienne, et qui
semblait plus vieilli et plus cassé encore par la
douleur. Il se lève d'un bond et recule de trois
pas en reconnaissant Nicolas. Celui-ci n'est pas
moins surpris de trouver Baptiste en si piteux
état. Les deux complices se regardent d'abord
avec colère; ils semblent se mesurer des yeux
et chercher l'endroit où ils peuvent frapper

leur adversaire pour assurer leur vengeance,
car chacun attribuait son malheur aux conseils
perfides de son ancien ami. Nicolas éclate le
premier.

« Voilà donc, dit-il, l'état misérable où
m'ont réduit tes beaux desseins; tu dois être
content maintenant. Mais je me trompe, car
le ciel m'a vengé, et c'est pour moi une con-
solation de penser que tu es aussi humilié que
moi.

— Ce n'est pas toi que le ciel a vengé, ré-
pond Baptiste, mais l'homme honnête que

nous avons trompé. Notre ambition nous a perdus, Nicolas. Pourquoi nous faire des reproches que nous méritons tous deux? Laissons-nous toucher plutôt par le repentir et rachetons, s'il se peut, nos fautes par notre pénitence. »

Nicolas, impétueux comme nous le connaissons, ne se calma pas si vite et vomit encore pendant longtemps un torrent d'injures contre son ancien ami pour contenter sa rancune; mais enfin il comprit que ce courroux était désormais inutile, que, s'il partageait la punition, il avait partagé les torts, et enfin il accepta la main que lui tendait Baptiste.

Celui-ci voulut savoir par quelles voies mystérieuses la Providence avait amené Nicolas à cet état de dénûment.

« Mon histoire n'est pas longue et ma ruine fut bientôt accomplie, répondit ce dernier. Tu le sais, je n'ambitionnais pas comme toi les jouissance frivoles du luxe et de l'ostentation. Il me fallait une ardente activité, de grandes entreprises, et, le dirai-je, car j'en rougis aujourd'hui, du pouvoir et le droit de commander. Moi, hélas! qui ne savais pas me gouverner moi-même j'aspirais à gouverner les autres. Quand je t'eus quitté, je voulus tenter

la fortune dans de lointains pays. Je m'embarquai pour le Brésil. J'emportais avec moi une
pacotille sur laquelle je fis de grands bénéfices,
et j'arrivai dans ces parages sous les plus favo-
rables augures. Combien la fin devait peu répondre au commencement! Je conçus un projet qui flattait tous mes goûts. Je m'imaginai
de fonder une colonie dont je m'établis le chef.
Les gens sensés et honnêtes se contentèrent de
rire et se gardèrent bien de me suivre. Quelques intrigants s'attachèrent à ma fortune, et,
comme tu penses bien, ils m'aidèrent à la di-
lapider. Je n'avais aucun des talents nécessaires
pour mener à bien cette entreprise. Elle échoua.
Le désordre, la rapacité des uns, la paresse
des autres et ma propre incapacité rendirent
tout bon résultat impossible. Les colons se sé-
parèrent et me laissèrent à moitié ruiné et cou-
vert de ridicule. Pour échapper aux railleries
dont j'étais l'objet, je réalisai ce qui me restait de fortune et je résolus d'aller au Chili, à
plusieurs centaines de lieues du point où j'é-
tais. Je voulais aller par terre, et il me fallait
traverser des plaines désertes et des montagnes
d'un difficile accès.. Je pris des guides. Ils
m'avertirent de déclarer tout ce que j'emportais avec moi, ajoutant que ce n'était qu'à cette

condition qu'ils pouvaient en répondre. Comme
leur fidélité m'était suspecte, je ne voulus pas
leur avouer que mes caisses renfermaient de
l'or, et je me contentai de leur dire que j'emportais avec moi des pierres qui n'avaient aucune valeur dans le commerce, mais qui m'é-
taient utiles pour mes études scientifiques sur
les minéraux. Une nuit que j'étais profondément endormi, ils visitèrent mes bagages, s'a-
perçurent de la supercherie, prirent mon or et
mirent des pierres à la place. Je voulus réclamer :
le juge m'opposa ma propre déclaration, et je
fus condamné. Pour le coup, j'étais complète-
ment ruiné, et il ne me restait plus rien. J'avais
pris en horreur ce pays, où mes espérances
avaient été si cruellement trompées. Je voulais
revenir en France : un navire du port devait
partir bientôt pour le Havre ; un matelot manquait ; je m'y embarquai à sa place, et il y a
quatre jours que j'ai touché la terre de la patrie. Misérable et dénué de tout, je gagnais
tristement mon village lorsque je t'ai rencon-
tré. »

Baptiste et Nicolas, réconciliés, se levèrent
et s'acheminèrent bientôt vers le but de leur
course. Ils entrèrent dans leur pays ; mais
ils avaient oublié tous leurs anciens amis dans

leur prospérité, et leurs anciens amis les oublièrent au temps de leur détresse. Ils ne rencontrèrent que des regards froids ou indifférents, et l'accueil qu'on leur fit fut si sévère, qu'ils n'osèrent pas seulement adresser la parole à un de leurs camarades d'autrefois. Ils se dirigèrent vers les champs qui leur avaient autrefois appartenu. Simon, frais, bien portant, joyeux, était assis sur le seuil de sa porte. En le voyant, ils se sentirent émus; ils se jetèrent à ses pieds et lui avouèrent leur crime. Simon les releva avec bonté.

« Mes amis, leur dit-il, je vous pardonne de bien bon cœur, et je vous dois même de la reconnaissance. Votre or m'aurait peut-être été aussi funeste qu'à vous : mon travail m'a enrichi. Les fermes que vous cultiviez autrefois sont à moi maintenant, et, réunies à mon ancien patrimoine, font une propriété dont je suis satisfait. Pour vous, vous avez fait une triste expérience. Qu'elle vous profite. La Providence vous a durement appris que le bien mal acquis ne profite jamais, et que le travail, quand il n'est inspiré que par la paresse et n'a pour objet que d'acquérir l'oisiveté et des jouissances frivoles, n'est pas béni de Dieu. Vous savez aussi à vos dépens aujourd'hui que c'est

une grande imprudence, quand on a un métier honnête et qu'on entend bien, de courir

les hasards de spéculations difficiles et auxquelles on est étranger : chacun son métier,
comme on dit, et les vaches sont bien gardées.
Venez avec moi, il y aura pour nous tous à la
ferme. Dieu a voulu vous faire jouir de toutes
les commodités du luxe et vous enorgueillir par
le succès, pour vous rendre plus pénibles sans
doute les privations de votre état présent et

l'humiliation par laquelle il veut vous punir ; mais il souffrira, je l'espère, que j'adoucisse votre sort autant qu'il sera en moi. »

Baptiste et Nicolas remercièrent tendrement Simon, et ils devinrent ses garçons de ferme. Ils ont avoué dans la suite qu'ils étaient plus heureux dans cet abaissement que dans leur funeste opulence, tant le repos de la conscience est le gage le plus assuré du bonheur.

FIN.

Ouvrages en vente et approuvés par Monseigneur
l'Archevêque de Paris.

Prix : broché, 50 centimes; cartonné, 35 cent.

Histoire de l'Ancien Testament.	3 vol.	Le père Lejeune et Samuel le bon fils, par M. A. Chailly.	1 vol.
Histoire du Nouveau Testament.	2 vol.	L'habitant des Ruines, id.	1 vol.
Histoire de France.	4 vol.	Les Pains de six livres, par M. H. Berthoud.	1 vol.
Promenades géographiq.	2 vol.	Comment on devient heureux, p. Mlle Valmore.	1 vol.
Petite Morale en action et en images.	2 vol.	Le Contre-Maître, par M. T. Castellan.	1 vol.
Petite Histoire des Arts et Métiers.	2 vol.	La Visite aux Prisonniers.	1 vol.
Petite Histoire de Paris et de ses environs.	1 vol.	Vie de la sainte Vierge, par M. Egron.	1 vol.
Eléments de la Grammaire française	1 vol.	Histoire du Culte de la Vierge, id.	1 vol.
Fables choisies de La Fontaine.	1 vol.	Histoire de Hollande, p. M. H. Berthoud.	4 vol.
Arithmétique.	1 vol.	Histoire de Belgique, par M. Le Glay.	4 vol.
Pierre Desbordes ou le danger des mauvaises liaisons, par M. d'Exauvillez.	2 vol.	Le Chemin de Keroulas, par M. Ourliac.	1 vol.
Le Nid de Ramoneurs.	1 vol.	Un pauvre devant Dieu, par Mlle Cromback.	1 vol.
La Bûche de Noël.	1 vol	Les Pet. Enfants célèbres.	1 vol.
Histoire d'Angleterre.	4 vol.	Petite Histoire des Eglises de Paris.	1 vol.
Laideur et Beauté.	1 vol.	Une Jeune Fille du Peuple, p. Mlle Cromback.	1 vol.
Les Péchés capitaux, par M. Fournier.	2 vol.	Comment on devient sage, p. Mlle Valmore.	1 vol.
Histoire de sainte Geneviève, p. M. Valentin.	1 vol.		
Histoire de saint Vincent de Paul, p. M. Nizart.	1 vol.		

Ouvrages soumis à l'approbation de Monseigneur l'Archevêque
et qui paraîtront en 1845. Un vol. tous les samedis.

Vie de M. l'abbé Mérault, vicaire-général d'Orléans, p. M. Egron.	1 vol.	—En Afrique.	1 vol.
		—D. l'Amérique du nord.	1 vol.
		—D. l'Amérique du sud.	1 vol.
Vie de M. l'abbé Anot, de Reims, p. le même.	1 vol.	Soirées des Enfants, contes, par Mme Desbordes-Valmore.	1 vol.
Les Bienfaiteurs de l'humanité.	1 vol.	Les Enfants devant Dieu, par le même.	1 vol.
Histoire d'Allemagne	4 vol.	La Mère de Famille, id.	1 vol.
Petites Lettres édifiantes, ou Lettres des Missionnaires en Chine et au Japon.	2 vol.	Souvenirs d'une Grand'-Maman, idem.	1 vol.
		Les Heures du Berceau.	1 vol.
—En Océanie.	1 vol.	La Famille du Pêcheur.	1 vol.

IMPRIMÉ PAR PLON FRÈRES, A PARIS.

www.ingramcontent.com/pod-product-compliance
Lightning Source LLC
Chambersburg PA
CBHW060812180626

46818CB00002B/800